Hallo!

Jedem Anfang wohnt ein Scheitern inne

Warum scheitern Menschen? Aus meiner Sicht ist der Optimismus Schuld. Nur weil jemand Zuversicht schöpft und annimmt, dass er ein Ziel erreichen kann, kann er überhaupt scheitern. Ohne den Willen zum Experiment, ohne Pläne, Wünsche, Sehnsüchte, ohne Hoffnung, ohne Lebenshunger gibt es kein Scheitern.

Scheitern macht das Menschsein aus

Wir Menschen sind Trottel. Wir irren uns ständig. Jeden Tag. Dauernd. Wir liegen falsch, wir überschätzen uns, wir schätzen unsere Umwelt falsch ein. Aus meiner Sicht machen diese Irrtümer das Menschsein erst aus.

Scheitern = Wollen - Können

Ich glaube, man scheitert, wenn man will, aber nicht kann. Entweder kann man es nicht, weil man es selbst falsch einschätzt, weil andere es verhindern oder weil man einfach Pech hat und die Natur gerade anderes vorhat.

Amateure scheitern, Profis versuchen es gar nicht erst!

Es gibt nur eine Sache, die noch krasser ist als Scheitern: es aus Angst gar nicht erst versuchen. In diesem Sinne ehrt dieser Kalender den bloßen Versuch, würdigt alle tragischen Helden, die mutig waren, aber nicht belohnt wurden. Uns kann es freuen. (In diesem Fall, zugegebenermaßen auch, dass es andere getroffen hat.)

Mit einem kleinen Team habe ich hier nicht die historisch relevantesten Ereignisse ausgewählt, sondern die lustigsten und denkwürdigsten. Die, die man sich vielleicht auf einer Party erzählt. Und auch wenn wir uns bemüht haben, historisch korrekt zu arbeiten, haben wir bestimmt Fehler gemacht.

Zusammen scheitern!

Wir haben nicht für jeden Tag ein passendes Ereignis gefunden. Das haben wir auch farbig gekennzeichnet. Bitte sieh es uns nach. Wir haben unser Bestes versucht und konnten es einfach nicht besser. Wir freuen uns über Vorschläge und Korrekturen: ereignis@kalenderdesscheiterns.de

Trotz allem wünsche ich dir ein gutes Jahr!

Nico

DER KALENDER DES SCHEITERNS

1. Januar

Fehler 404

Gescheitert! Leider nix zu diesem Tag gefunden.
Aber das hier passt auch irgendwie:

300 Millionen Samen
machen sich auf den Weg,
ein Spermium kommt an.

Die meisten Menschen
werden nie geboren.

2. Januar

366

Jahrelang sichert das Römische Reich die wichtigsten Rheinüberquerungen gegen Invasoren.

Die Alemannen laufen über den gefrorenen Fluss und verwüsten Gallien.

3. Januar

2011

Der Pilot von United-Airlines-Flug 777 schüttet versehentlich Kaffee über seine Funkausrüstung und sendet das Notsignal für eine Flugzeugentführung.

Er landet nicht wie geplant in Frankfurt, sondern schon in Toronto.

4. Januar

1910

Der Luftfahrtpionier
Alberto Santos Dumont
stürzt bei seinem letzten Flug ab.

Er überlebt,
redet aber nie über den Unfall.

5. Januar

2011

Die beiden US-Abgeordneten Pete Sessions und Mike Fitzpatrick sehen während einer Fundraising-Party im TV, dass sie eigentlich gerade ihren Amtseid im Kongress ablegen sollten.

6. Januar

Fehler 404

Gescheitert! Leider nix zu diesem Tag gefunden.
Aber das hier passt auch irgendwie:

1918: Charlie Chaplin nimmt an einem Charlie-Chaplin-Doppelgänger-Wettbewerb teil.

Er kommt nicht einmal ins Finale.

7. Januar

1785

Jean-Pierre Blanchard und John Jeffries überqueren erstmals den Ärmelkanal in einem Gasballon. Sie müssen Ballast abwerfen.

Der wartenden Menge in Calais präsentieren sie sich nur noch in Unterhosen.

8. Januar

1992

US-Präsident George H. W. Bush
nimmt an einem Festmahl
in Japan teil.

Dabei kotzt er dem japanischen
Premierminister in den Schoß.

9. Januar

2007

Apple stellt das erste iPhone vor.
Vorstandschef Steve Ballmer
vom Apple-Konkurrenten Microsoft
urteilt:

»Keine Chance, dass das iPhone irgendeinen relevanten Marktanteil erlangt. Keine Chance.«

10. Januar

1919

Franzosen, Briten und Amerikaner teilen das linksrheinische Deutschland untereinander auf. Dabei vergessen sie einen kleinen Landstrich, der deshalb in den folgenden vier Jahren nur durch Schmuggel mit Lebensmitteln versorgt werden kann.

11. Januar

1827

In England findet die erste Lotterie statt. Alle Lose gewinnen.

Weil die Lottoscheine aber statt Zahlen selbstgeschriebene Texte enthalten, dauert die Ziehung 117 Tage.

12. Januar

2007

Jennifer Strange gewinnt den zweiten Preis beim Wassertrink-Wettbewerb eines Radiosenders: zwei Karten für ein Konzert von Justin Timberlake.

Wenige Stunden später stirbt sie an einer Wasservergiftung.

13. Januar

1935

Weil sich 90% der dortigen Bewohner in einer Abstimmung dafür entscheiden, muss das Deutsche Reich das Saarland aufnehmen.

14. Januar

2004

Beim Bau der Hochrheinbrücke müssen die Ingenieure einen Höhenunterschied von 27 Zentimetern ausgleichen. Sie rechnen in die falsche Richtung:

Die Brückenteile treffen sich in der Mitte mit 54 Zentimetern Höhenunterschied.

15. Januar

1919

In Boston explodiert ein Tank der US Industrial Alcohol Company. Eine acht Meter hohe Flutwelle aus Sirup tötet 21 Menschen.

Anstatt den Tank zu reparieren, wurden die undichten Stellen bei einer Überholung vorher lediglich übermalt.

16. Januar

1920

In den USA beginnt die Prohibition. Im Glauben, dass mit dem Alkohol auch die Kriminalität verschwindet, verkaufen einige US-Städte ihre Gefängnisse.

Innerhalb eines Jahres steigt die Kriminalität um 24% an.

17. Januar

1912

Die Expedition »Terra Nova« erreicht den Südpol und entdeckt, dass Roald Amundsen bereits einen Monat vorher als Erster dort gewesen ist.

Auf dem Rückweg sterben alle Teilnehmer.

18. Januar

1993

Schon die erste Titelgeschichte des »Focus« stimmt nicht.

Sie behauptet, Genscher würde Bundespräsident werden.

19. Januar

2002

Die Stadt Lauderhill möchte den Schauspieler James Earl Jones ehren.

Aufgrund eines Tippfehlers ehrt die Plakette allerdings den Mörder Martin Luther Kings, James Earl Ray, mit den Worten »Danke, dass Sie den Traum am Leben erhalten«.

20. Januar

2017

Donald Trump wird als 45. US-Präsident vereidigt. Nach Georg W. Bush ist er der zweite republikanische Kandidat in Folge, der die Wahl nach Wählerstimmen verliert.

Aufgrund des Wahlrechts wurde er trotzdem Präsident.

21. Januar

1968

Bei Grönland stürzt ein amerikanischer Langstreckenbomber auf einen Eisberg.

Eine der vier geladenen Wasserstoffbomben wird nie gefunden.

22. Januar

1987

Der Politiker Budd Dwyer schießt sich auf seiner Pressekonferenz in den Kopf, kurz bevor er zu einer Gefängnisstrafe verurteilt werden soll.

Später stellt sich heraus, dass er unschuldig war.

23. Januar

1909

Jungfernfahrt auf einer
neuen Bahnstrecke in der Pfalz.

Schon nach wenigen Metern endet sie,
als der Zug wegen einer falsch
gestellten Weiche mit Volldampf
in den neuen Lokschuppen fährt.

24. Januar

1848

James Marshall und ein Mitarbeiter finden Gold in Kalifornien. Es gelingt Marshall nicht, den Fund geheimzuhalten, kurz danach ist die ganze Region im Goldrausch. Das Sägewerk, das er eigentlich bauen wollte, wird nicht fertig.

Er stirbt als armer Mann.

25. Januar

2006

Nick Flynn stolpert im Fitzwilliam Museum in Cambridge über seinen offenen Schnürsenkel und fällt die Treppe herunter.

Im Fallen zerstört er drei Ming-Vasen aus dem 17. Jahrhundert.

26. Januar

2004

In Taiwan wird ein am Strand verendeter Pottwal geborgen und zur Obduktion gebracht.

Auf der Fahrt explodiert der Kadaver in der Stadt Tainan, die stinkenden Teile verteilen sich über die ganze Straße.

27. Januar

Fehler 404

Gescheitert! Leider nix zu diesem Tag gefunden.
Aber das hier passt auch irgendwie:

1936: Der Arzt des britischen Königs George V. leistet ihm Sterbehilfe, damit es die Todesnachricht noch in die Morgenausgabe der Times schafft.

28. Januar

2009

Statt »Taylor & Son« wird die Firma »Taylor and Sons« im britischen Handelsregister offiziell für aufgelöst erklärt.

Durch das entstehende Chaos geht die bis dahin kerngesunde Firma »Taylor and Sons« pleite.

29. Januar

1979

Die 16-jährige Brenda Ann Spencer feuert vom Fenster ihres Zimmers mit einer Schusswaffe auf die gegenüberliegende Schule. Zwei Personen sterben.

Als Grund für ihre Tat gibt sie an, keine Montage zu mögen.

30. Januar

1835

Richard Lawrence versucht, den US-Präsidenten Andrew Jackson zu erschießen.

Seine beiden Pistolen versagen, Lawrence wird vom Präsidenten mit dessen Spazierstock verprügelt.

31. Januar

1945

Eddie Slovik wird wegen Fahnenflucht erschossen.

Er ist der einzige von über 20.000 US-Soldaten, der im Zweiten Weltkrieg wegen dieses Vergehens hingerichtet wird.

1. Februar

1953

Das holländische Wetteramt warnt per Telegramm vor einer schweren Sturmflut.

Viele Gemeinden werden nicht erreicht, weil sie den Dienst nicht abonniert haben. (1800 Menschen sterben.)

2. Februar

1964

Die Raumsonde »Ranger 6« landet auf die Sekunde genau planmäßig auf dem Mond.

Die Kameras an Bord sind allerdings schon während des Fluges kaputt gegangen.

3. Februar

1959

Weil es ihnen im ungeheizten Tourbus zu kalt ist, mieten die Musikstars Buddy Holly, Ritchie Valens und Big Bopper ein Flugzeug.

Acht Minuten nach dem Start stürzen sie im Schneesturm ab.

4. Februar

1912

Der Österreicher Franz Reichelt erfindet einen Fallschirmanzug. Er testet ihn vor laufenden Filmkameras und springt damit vom Eiffelturm.

Er stirbt beim Aufprall.

5. Februar

1637

Nachdem zuletzt für eine einzelne Tulpenzwiebel das zehnfache Jahresgehalt eines Arbeiters geboten wurde, beginnt in den Niederlanden der große Tulpencrash.

6. Februar

1962

Die Plattenfirma Decca Records sagt den noch völlig unbekannten Beatles ab:

»Wir mögen den Sound nicht. Bands mit Gitarren sind auf dem absteigenden Ast.«

7. Februar

1971

Die Gegner eines Frauenwahlrechts in der Schweiz verlieren die Volksabstimmung mit 34% deutlich.

Das Frauenwahlrecht wird eingeführt.

8. Februar

1601

Robert Devereux marschiert mit 200 Anhängern nach London, um die Kontrolle über die Stadt an sich zu reißen.

Auf dem Weg entscheiden sich so viele Mitstreiter um, dass Devereux unverrichteter Dinge zurück nach Hause geht.

9. Februar

Fehler 404

Gescheitert! Leider nix zu diesem Tag gefunden.
Aber das hier passt auch irgendwie:

1972: Niemand gewinnt den Friedensnobelpreis.

10. Februar

Fehler 404

Gescheitert! Leider nix zu diesem Tag gefunden.
Aber das hier passt auch irgendwie:

1703: »Aus dem rechten Hoden kommt der Mann und aus dem linken die Frau.«
(Nicholas Venette, französischer Arzt)

11. Februar

1975

Erstmals wird eine Frau zur Parteivor-
sitzenden in Großbritannien gewählt!

Es ist Margaret Thatcher.

12. Februar

1771

Der schwedische König Adolf Friedrich frisst sich zu Tode.

Seine letzte Mahlzeit: Hummer, Kaviar, Sauerkraut, Hering – und 14 Desserts.

13. Februar

1692

Das Familienoberhaupt verspätet sich bei der Abgabe des königlichen Eides um wenige Tage.

William III. lässt daraufhin den gesamten schottischen MacDonalds-Clan abschlachten.

14. Februar

1945

Ein amerikanischer Bomber, der Dresden attackieren soll, verfliegt sich.

Er bombardiert Prag.

15. Februar

Fehler 404

Gescheitert! Leider nix zu diesem Tag gefunden.
Aber das hier passt auch irgendwie:

1924: Während des Versuchs, das Östliche Irmawallaby vor dem Aussterben zu retten, sterben 10 der letzten 14 Tiere beim Einfangen.

16. Februar

1707

Das Parlament Schottlands stimmt für die Vereinigung mit England. Viele Abgeordnete sind pleite und wurden bestochen.

Sie hoffen, dass die Engländer ihre Schulden bezahlen.

17. Februar

1999

Südafrika lässt als Maßnahme gegen AIDS flächendeckend Kondome verteilen.

An jedes Kondom wird ein Flugblatt getackert.

18. Februar

1478

George Plantagenet wird wegen Hochverrats zum Tode verurteilt.

Er darf sich die Art der Hinrichtung selbst aussuchen und lässt sich in einem Fass voller Wein ertränken.

19. Februar

1912

Zum ersten Mal wird in Deutschland Luftpost befördert. Von Mannheim nach Heidelberg.

Das sind 17 Kilometer Luftlinie.

20. Februar

1862

Im amerikanischen Bürgerkrieg scheuchen Nordstaaten-Soldaten mit Sprengstoff beladene Maultiere in Richtung des Gegners.

Die treuen Tiere möchten aber lieber zu ihren Besitzern zurück und drehen auf halbem Weg um.

21. Februar

2009

Die irische Polizei sucht jahrelang nach einem Verkehrsrüpel namens Prawo Jazdy, der 50 unbezahlte Strafzettel hat.

Erst jetzt fällt der Polizei auf, dass »prawo jazdy« auf Polnisch »Führerschein« heißt.

22. Februar

1797

1.400 französische Soldaten wagen am 21. Februar 1797 die bis heute letzte Invasion der Britischen Inseln.

Sie erbeuten bei der Schlacht von Fishguard so viel Alkohol, dass sie zwei Tage später völlig verkatert kapitulieren.

23. Februar

1885

John Lee, ein verurteilter Mörder,
überlebt drei Versuche ihn zu hängen.

Er wird begnadigt.

24. Februar

1942

Ein paar Wochen nach dem japanischen Angriff auf Pearl Harbor schießt die Luftabwehr von Los Angeles eine Nacht lang auf vermeintliche Feindflieger.

Tatsächlich handelt es sich dabei um einen Wetterballon.

25. Februar

2007

Tontechniker Kevin O'Connell wird zum 20. Mal für einen Oscar nominiert.

Er geht zum 20. Mal leer aus.

26. Februar

Fehler 404

Gescheitert! Leider nix zu diesem Tag gefunden.
Aber das hier passt auch irgendwie:

1847: Der renommierte Chirurg Robert Liston führt eine Beinamputation an einem Patienten durch, bei der drei Leute sterben: Der Patient und ein OP-Assistent an Wundbrand, ein Beobachter an einer Herzattacke.

27. Februar

Fehler 404

Gescheitert! Leider nix zu diesem Tag gefunden.
Aber das hier passt auch irgendwie:

1854: Im englischen Parlament prophezeit John Ball, »dass wir in einigen Jahren das Wetter schon 24 Stunden vorher kennen werden«.

Er wird ausgelacht.

28. Februar

2007

Als sie den Dreck von ihren Kartoffeln wäscht, merkt Olga Mauriello, dass eine von ihnen eine Handgranate aus dem Zweiten Weltkrieg ist. Die Sicherung fehlt, die Granate ist scharf.

Sie wird kontrolliert gesprengt.

1. März

2011

Verteidigungsminister zu Guttenberg tritt im Zuge einer Plagiatsaffäre zurück.

In seiner Doktorarbeit hatte er zahlreiche Textpassagen aus anderen wissenschaftlichen Arbeiten kopiert.

2. März

1818

Der Abenteurer Giovanni Battista Belzoni entdeckt nach langer Suche den Eingang zur Grabkammer der sagenumwobenen Chephren-Pyramide.

Sie ist leer.

3. März

2009

Das Kölner Stadtarchiv überstand den Zweiten Weltkrieg unbeschädigt, stürzt dann aber bei U-Bahn-Bauarbeiten ein. Es sterben zwei Menschen, 90% des Archivguts werden verschüttet.

Die Restaurierung wird geschätzte 30 Jahre dauern.

4. März

1789

Die US-Verfassung tritt in Kraft.
Sie enthält mehrere Schreibfehler.

5. März

1966

Auf dem Weg zum Start rollt eine Boeing auf dem Tokioter Flughafen an den Trümmern eines Flugzeugs vorbei, das am Tag zuvor beim Landeanflug abgestürzt war.

Kurz darauf bricht die Boeing in der Luft auseinander.

6. März

1521

Die Ureinwohner von Guam sehen, wie Magellans eintreffende Schiffsbesatzungen Dinge von ihrer Insel nehmen. Sie verstehen das als Tauschhandel und nehmen sich Dinge von Magellans Schiffen.

Der nennt Guam »Insel der Diebe«.

7. März

1945

Deutsche Soldaten versuchen auf dem Rückzug die Rheinbrücke von Remagen zu sprengen. Sie springt kurz aus den Halterungen und fällt dann zurück.

Wenig später nimmt die Army die Brücke ein.

8. März

Fehler 404

Gescheitert! Leider nix zu diesem Tag gefunden.
Aber das hier passt auch irgendwie:

1992: 70 französische Pfadfinderinnen nehmen an einem Aktionstag gegen Graffiti teil.

Dabei entfernen sie in der Höhle von Mayrière supérieure die prähistorischen Felsmalereien.

9. März

1953

Während seiner Alleinherrschaft lässt Stalin Millionen Menschen verhungern und töten.

Selbst Stalins Leiche ist noch tödlich: Während seiner Beerdigung sterben bei einer Massenpanik etwa 500 Menschen.

10. März

1948

Der tschechoslowakische Außenminister Jan Masaryk stürzt in Prag aus dem Fenster. Es ist bereits der dritte politische Fenstersturz der Stadt.

Keiner war ein Unfall.

11. März

1986

Nico Semsrott wird im Jahr vom GAU von Tschernobyl geboren. An seinem 18. Geburtstag finden die Terroranschläge von Madrid statt, an seinem 23. Geburtstag der Amoklauf von Winnenden, an seinem 25. Geburtstag der GAU von Fukushima.

12. März

2006

Matt Suter wird von einem Tornado mitgerissen. Er legt eine Strecke von 398 Metern zurück, ohne zu sterben.

Weltrekord.

13. März

1865

Die wegen der Sklavereifrage abtrünnigen US-Südstaaten leiden im Bürgerkrieg unter solchem Soldatenmangel, dass sie beginnen, auch schwarze Soldaten aufzunehmen.

14. März

1914

Das Kriegsschiff »Dresden« übersteht als einziges deutsches Schiff die Seeschlacht bei den Falklandinseln.

Drei Monate später sind seine Motoren so kaputt, dass der Kapitän es selbst versenkt.

15. März

493

Odoaker, König von Italien, nimmt die Einladung seines Rivalen Theoderich zu einem Versöhnungsbankett an.

Beim Essen wird er von Theoderich persönlich erschlagen.

16. März

1986

Immer nur dagegen: Mit deutlicher Mehrheit wird in einer Schweizer Volksabstimmung der Beitritt des Landes zur UNO abgelehnt.

17. März

1968

Ein Pilot der U.S. Army leert bei einem Testflug seinen Giftgas-Container zu spät.

Weil 6.000 Schafe in der Gegend sterben, wird das Testprogramm eingestellt.

18. März

1834

Weil sie eine Gewerkschaft gegründet haben, werden sechs englische Landarbeiter in Dorset zur Strafarbeit in Australien verurteilt.

19. März

2018

Das weltweit letzte Nördliche Breitmaulnashornmännchen stirbt.

20. März

2004

Der Rennradfahrer Erik Zabel reckt kurz vor dem Zielstrich des Rennens Mailand – San Remo siegesgewiss die Hände in die Höhe.

Wegen des erhöhten Luftwiderstands gewinnt Óscar Freire mit drei Zentimetern Vorsprung.

21. März

1983

Schülerinnen im Westjordanland halten den Geruch der defekten Schultoilette für israelisches Giftgas: Es kommt zu einer Massenpanik, wegen der insgesamt 949 Menschen medizinisch behandelt werden müssen.

22. März

2016

Microsoft launcht den Chatbot »Tay« bei Twitter. Die künstliche Intelligenz soll von anderen Nutzern lernen.

Nach einem Tag lobt »Tay« Hitler, leugnet den Holocaust und macht George W. Bush für 9/11 verantwortlich.

23. März

1766

Der spanische König Carlos III. verbietet das Tragen runder Hüte.

Dem darauf folgenden Aufstand schließen sich 50.000 Madrilenen an, der König muss aus der Hauptstadt fliehen.

24. März

1794

Im Zuge der Französischen Revolution ruft der Publizist Jacques-René Hébert zu unbarmherziger Härte auf.

Er wird von den Revolutionären zum Tode verurteilt und geköpft.

25. März

Fehler 404

Gescheitert! Leider nix zu diesem Tag gefunden.
Aber das hier passt auch irgendwie:

1972: Nixon behält seinen inkompetenten (und korrupten) Vize, »weil mich deshalb kein Attentäter, der noch bei Trost ist, umbringen würde«.

26. März

1969

John Kennedy Toole bringt sich um, weil kein Verlag seinen Roman veröffentlichen will. Seine Mutter wird nach seinem Tod fündig.

1981 gewinnt er mit dem Werk den Pulitzer-Preis.

27. März

Fehler 404

Gescheitert! Leider nix zu diesem Tag gefunden.
Aber das hier passt auch irgendwie:

Die britischen Kolonialtruppen in Indien lobten Prämien für jede gefangene Kobra aus. Die Inder beginnen daraufhin, Kobras zu züchten, um mehr Prämien zu erhalten.

Die Briten stoppen das Programm, weshalb die Inder alle Kobras freilassen und die Plage verstärken.

28. März

2011

Auf der Suche nach Metallschrott durchtrennt eine 75-jährige Georgierin ein Kupferkabel.

Und trennt damit ganz Armenien vom Internet.

29. März

1984

Der dänische Kutter »Ane Kathrine« fährt zum Fischen ins Skagerrak. Ein nagelneues U-Boot auf Testfahrt verfängt sich im Fischernetz und zieht den Kutter nach unten.

Die Besatzung ertrinkt.

30. März

1867

Nach einer Nacht harter Verhandlungen verkauft Russland Alaska für 7,2 Millionen Dollar (entspricht heute ca. 105 Millionen Dollar) an die USA. 101 Jahre später werden die dortigen Erdölfelder entdeckt.

Allein seit 1959 hat Alaska 157 Milliarden US-Dollar durch Öl eingenommen.

31. März

1913

Während eines Konzerts des modernen Komponisten Arnold Schönberg kommt es zu Ausschreitungen.

In einem nachfolgenden Gerichtsverfahren berichtet ein Zeuge, die fragliche Ohrfeige war »noch das Melodiöseste, das man an diesem Abend zu hören bekam«.

1. April

1972

Bernd Höcke wird geboren.

2. April

1979

In einer sowjetischen Biowaffenfabrik montiert ein Mechaniker einen Filter der Klimaanlage aus und vermerkt dies auf einem Zettel. Die Nachricht wird übersehen, die Anlage wieder eingeschaltet.

Über 100 Menschen sterben am in die Außenwelt gepusteten Milzbrand.

3. April

1860

Der »Pony Express« wird gestartet, mit dem Briefe in nur zehn Tagen über den nordamerikanischen Kontinent transportiert werden können.

19 Monate später wird dort die erste Telegrafenleitung eingeweiht.

4. April

1841

William Henry Harrison hält im März bei seiner Einführung ins Amt des US-Präsidenten eine so lange Rede, dass er sich erkältet.

An der daraus entstehenden Lungenentzündung stirbt er nach 30 Tagen im Amt.

5. April

2013

Der Gouverneur von Florida bekommt ein Gesetz zum Verbot von Internetcafés vorgelegt.

Es ist so allgemein formuliert, dass es versehentlich alle Computer und Smartphones in Florida verbietet.

6. April

1958

Die Ehe zwischen dem persischen Schah Mohammad Reza und seiner Frau Soraya wird geschieden, weil sie ihm keinen Thronfolger geboren hat.

Soraya zieht zurück zu ihren Eltern nach Köln.

7. April

1919

In München wird die Räterepublik ausgerufen. Bayern soll sozialistisch werden.

Der neue Volksstaat existiert keine vier Wochen.

8. April

2003

Der Motivationstrainer Jürgen Höller wird wegen vorsätzlichem Bankrotts, Untreue und Falschaussage zu drei Jahren Haft verurteilt.

Er kommt nach einem Jahr frei und macht weiter wie zuvor.

9. April

1914

Der erste Luft-See-Kampf der Geschichte findet mit einem Flugzeug und zwei Schiffen statt.

Alle schießen. Keiner trifft.

10. April

1858

Die erste und größte Glocke des Namens »Big Ben« wiegt 16 Tonnen und reißt beim ersten Schlagen irreparabel.

11. April

1954

Laut einer Datenbank des britischen Programmierers William Tunstall-Pedoe der »langweiligste Tag des 20. Jahrhunderts«.

Die Höhepunkte: Eine Wahl in Belgien, die Geburt eines türkischen Professors, der Tod eines Fußballers namens Jack Shufflebotham.

12. April

1976

Ronald Wayne verkauft seinen Anteil von 10% der Apple-Aktien für 800 Dollar.

13. April

Fehler 404

Gescheitert! Leider nix zu diesem Tag gefunden.
Aber das hier passt auch irgendwie:

2006: Walisische Forscher brechen eine Muschel auf, um ihr Alter zu bestimmen. Erst später merken sie, dass sie das mit 507 Jahren älteste Tier der Welt getötet haben.

14. April

1912

Um 23:40 Uhr ordnet der Erste Offizier William Murdoch an, einem Eisberg auszuweichen.

Wäre die Titanic frontal auf ihn geprallt statt seitlich, wäre sie wohl nicht gesunken.

15. April

2010

Wegen des Ausbruchs des isländischen Vulkans Eyjafjallajökull dürfen in weiten Teilen Europas fast eine Woche lang keine Flugzeuge fliegen.

16. April

1847

Ein junger britischer Offizier schießt dem Maori-Chief Ngarangi bei einem missglückten Scherz aus Versehen in den Kopf.

Es bricht ein dreimonatiger Krieg aus.

17. April

1860

Ein Boxkampf des englischen Schwergewichtsweltmeisters Tom Sayers wird nach 42 Runden abgebrochen, als sein Herausforderer völlig erschöpft versucht ihn zu erwürgen.

18. April

1961

Bei der Invasion in der Schweinebucht kommt ein Teil der amerikanischen Luftunterstützung zu spät.

Das Pentagon hatte vergessen, den Zeitunterschied einzuberechnen.

19. April

1042

Weil es ihn wurmt, dass ihr Name stets vor seinem genannt wird, verbannt der byzantinische Kaiser Michael V. seine Stiefmutter Zoe in ein Kloster.

Darüber bricht ein Volksaufstand aus, in dessen Folge Michael abgesetzt und selbst ins Kloster verbannt wird.

20. April

1889

Klara Hitler bringt das dritte von sechs Kindern zur Welt: Adolf.

Vier seiner fünf Geschwister sterben in jungen Jahren.

21. April

1995

Gary Kremen startet seine Dating-Website Match.com.

Seine Freundin lernt dort einen anderen Mann kennen.

22. April

Fehler 404

Gescheitert! Leider nix zu diesem Tag gefunden.
Aber das hier passt auch irgendwie:

Der US-Mathematiker William Shanks rechnet 15 Jahre lang, bis er Pi bis zur 707. Nachkommastelle bestimmt hat.

70 Jahre später fällt jemandem auf, dass er sich ab der 528. Stelle verrechnet hat.

23. April

1985

Coca Cola ändert mit großem Marketingaufwand seine Rezeptur und vermarktet die Änderung als »New Coke«.

Die Resonanz ist so verheerend, dass innerhalb von drei Monaten wieder die alte Rezeptur als »Coca Cola Classic« eingeführt wird.

24. April

1974

Der persönliche Referent von Bundeskanzler Willy Brandt, Günter Guillaume, wird als Stasi-Spion festgenommen. Die Beweislage gegen ihn ist dünn, bis er die Polizei auffordert, doch bitte Rücksicht auf seine Würde als Offizier der Nationalen Volksarmee zu nehmen.

25. April

1910

Der Aufsichtsrat der Automobilfirma Horch drängt den Unternehmensgründer August Horch aus dem Unternehmen.

Horch gründet daraufhin am 25. April 1910 die Firma Audi.

26. April

1986

Im ukrainischen Tschernobyl läuft eine Übung in einem Atomkraftwerk aus dem Ruder und entwickelt sich zum bis heute schwersten atomaren Unfall.

27. April

1944

Die Alliierten proben in England die Landung in der Normandie. Es soll mit scharfer Munition über die Köpfe der Soldaten hinweggeschossen werden.

Hunderte sterben.

28. April

1982

Joseph Beuys stellt in seinem Atelier eine Skulptur aus Butter her.

Im Oktober 1986 wird sie vom Hausmeister weggeputzt.

29. April

1978

Am letzten Spieltag der Fußball-Bundesligasaison gewinnt Mönchengladbach mit 12:0 gegen Dortmund.

Weil Köln gleichzeitig gegen St. Pauli 5:0 gewinnt, wird Mönchengladbach trotzdem nur Zweiter.

30. April

1573

Die Kathedrale von Beauvais hat den größten Turm Europas. Er ist so groß, dass er 1284 unter seiner eigenen Last zusammenstürzt. Der Wiederaufbau zieht sich über Jahrhunderte.

1573 stürzt der Turm erneut unter seiner eigenen Last ein.

1. Mai

jährlich

Gefährlichster Tag des Jahres. An keinem anderen Tag gibt es mehr Unfälle in Deutschland als am 1. Mai.

2. Mai

1656

Der Bäcker Peter Maw entsorgt nicht ganz erkaltete Asche.

90% der Aachener Häuser brennen nieder.

3. Mai

1927

Charles D. B. King erhält bei der liberischen Präsidentschaftswahl 243.000 von 15.000 möglichen Stimmen, umgerechnet 1620%.

4. Mai

2007

Ein Tornado trifft die US-amerikanische Stadt Greensburg und zerstört alle elf Kirchen.

5. Mai

1971

Violet Jessop stirbt mit 83 Jahren an Herzversagen.

Davor überlebte sie als Stewardess drei Schiffsunglücke: »Titanic« (gesunken), »Britannic« (gesunken) und »Olympic« (Kollision).

6. Mai

1937

Das größte Luftfahrzeug der Geschichte, der Zeppelin LZ 129, auch bekannt als »Hindenburg«, kommt mit einer Verspätung von zehn Stunden im amerikanischen Lakehurst an.

Und geht in Flammen auf.

7. Mai

1954

Der britische Gesundheitsminister Robert Turton lehnt eine staatliche Anti-Raucher-Kampagne ab.

Das Krebsrisiko sei nicht ausreichend bewiesen.

8. Mai

1632

Der Erzbischof von Canterbury entzieht der königlich-britischen Druckerei die Druckerlaubnis.

Sie hatte beim Druck der Bibel im Gebot »Du sollst nicht die Ehe brechen« das Wort »nicht« vergessen.

9. Mai

1864

Nordstaaten-General John Sedgwick brüllt seine sich duckenden Soldaten an: »Die könnten auf diese Entfernung nicht mal einen Elefanten treffen!«

Direkt danach trifft ihn eine Kugel in den Kopf.

10. Mai

1872

Als erste Frau bewirbt sich Victoria Woodhull offiziell um die amerikanische Präsidentschaft und scheitert aus drei Gründen:

Sie ist zu jung, eine Frau und sitzt im Gefängnis.

11. Mai

1997

Schachweltmeister Garri Kasparow will gegen den Computer Deep Blue die »Ehre der Menschheit« verteidigen.

Er verliert und erfährt (im letzten Spiel) die deutlichste Niederlage seiner Karriere.

12. Mai

1933

Weil er glaubt, dass seine Bücher von den Nationalsozialisten nicht verboten, sondern empfohlen werden, fordert der Schriftsteller Oskar Maria Graf in der Zeitung ihre Verbrennung.

13. Mai

2005

Die Amtsbezeichung des britischen Politikers Alan Johnson wird nach nur einer Woche wieder geändert.

Die ursprüngliche »Productivity, Energy and Industry Secretary« war binnen kürzester Zeit in London mit »PEnIS« abgekürzt worden.

14. Mai

1955

Am Vortag der Unterzeichnung des österreichischen Staatsvertrags wird die Mitschuld Österreichs am Zweiten Weltkrieg aus der Präambel gestrichen.

15. Mai

2002

Fußballspieler Michael Ballack verpasst in einer Saison vier Mal den Sieg: Er verliert drei Endspiele (DFB-Pokal, Champions League und WM-Finale) und wird mit Leverkusen nur Deutscher Vizemeister.

In der englischsprachigen Welt gilt Leverkusen als »Neverkusen«.

16. Mai

1948

Als Reaktion auf die Ausrufung des Staates Israel erklären die arabischen Nachbarländer dem jüdischen Staat den Krieg, um nach Eigenaussage »Recht und Ordnung wiederherzustellen und weiteres Blutvergießen zu verhindern«.

17. Mai

2007

Während Leroy Rosenior der Presse als neuer Trainer des Fünftligisten Torquay vorgestellt wird, verkauft der Besitzer den Klub.

Die neuen Eigentümer feuern Rosenior nach 10 Minuten.

18. Mai

1966

Rheinschiffer bei Duisburg melden der Wasserschutzpolizei einen weißen Beluga-Wal. Daraufhin müssen sie sich Blutalkoholtests unterziehen.

Der Wal war zuvor während eines Orkans bei einer Überfahrt in einen englischen Zoo von seinem Transportschiff gerutscht.

19. Mai

Fehler 404

Gescheitert! Leider nix zu diesem Tag gefunden.
Aber das hier passt auch irgendwie:

2015: Die Schwedin Johanna Sandström lässt ihren Sohn Kevin in Kelvin umbenennen.

Ihr Tätowierer hatte sich bei der Verewigung des Namens auf ihrem Unterarm verschrieben.

20. Mai

1949

Als einziges Bundesland lehnt der bayerische Landtag das Grundgesetz ab.

21. Mai

2007

Das in Greenwich vor Anker liegende Museumssegelschiff »Cutty Sark« brennt nieder.

Grund: Niemand hatte daran gedacht, freitags zum Feierabend einen Staubsauger im Unterdeck auszuschalten.

22. Mai

2000

Aufruhr in Großbritannien, nachdem bekannt wurde, dass die Royal Navy nicht mehr mit Platzpatronen arbeitet, sondern bei Schießübungen laut »Bang!« rufen soll.

23. Mai

2008

Joel Ifergan kauft um 20:59 Uhr einen Lottoschein, seine Zahlen gewinnen. Der Ausdruck kam aber erst sieben Sekunden nach 21 Uhr, weshalb die Zahlen erst für die folgende Ziehung gültig sind.

Es wären 27 Millionen Dollar gewesen.

24. Mai

Fehler 404

Gescheitert! Leider nix zu diesem Tag gefunden.
Aber das hier passt auch irgendwie:

Im Urlaub kauft eine chinesische Familie einen Tibetdoggenwelpen.

Nach zwei Jahren fällt ihr auf, dass aus dem Welpen ein ausgewachsener Schwarzbär geworden ist.

25. Mai

1993

Bei einem Gewinnspiel auf den Philippinen verspricht Pepsi eine Millionensumme. Die Gewinnzahl 349 steht allerdings in 486.170 Flaschendeckeln.

Bei Protesten gehen zahlreiche Pepsi-Trucks und -Büros in Flammen auf.

26. Mai

1521

Der spanische Eroberer Hernán Cortés beginnt die Belagerung der aztekischen Hauptstadt Tenochtitlan. Als ihm die Kanonenmunition ausgeht, lässt er ein Katapult bauen.

Dessen erster Schuss geht senkrecht in die Höhe, fällt senkrecht und zerstört das Katapult.

27. Mai

1896

Das Gerücht, dass das Bier nicht für alle reicht, löst bei den Krönungsfeiern von Zar Nikolaus II. eine Massenpanik aus.

1389 Tote.

28. Mai

1982

Im Falklandkrieg verrät die BBC irrtümlich im Radio einen britischen Angriffsplan.

Die Argentinier hören es, halten die Nachricht für einen Bluff und verlieren die Schlacht.

29. Mai

1453

Die Osmanen belagern die Festung Konstantinopel.

Weil die Verteidiger vergessen haben, eine kleine Pforte abzuschließen, können die Osmanen die Stadt ohne Weiteres erobern.

30. Mai

1868

Der Raubmörder Georg Ratkay wird in Wien hingerichtet.

Das schaulustige Publikum ist völlig betrunken und randaliert dermaßen, dass die Zuschauertribüne vor dem Galgen zusammenbricht.

31. Mai

2005

Vor dem Freundschaftsspiel des FC Bayern München gegen die deutsche Nationalmannschaft darf Sarah Connor die Nationalhymne singen.

Dabei singt sie statt »Blüh im Glanze dieses Glückes« »Brüh im Lichte«.

1. Juni

1994

Der Tennisprofi Hendrik Dreekmann führt bei den French Open gegen Magnus Larsson mit 6:3, 7:6, 5:4 und hat sechs Matchbälle.

Er verliert das Spiel trotzdem noch.

2. Juni

1763

Britische Soldaten sollen das Fort Michilimackinac im heutigen Michigan bewachen. Stattdessen gucken sie den Ojibwe-Indianern bei einem Lacrosse-Spiel zu.

Die Indianer spielen den Ball durchs offene Tor des Forts, stürmen hinterher und töten alle Bewohner.

3. Juni

1936

Auf dem Rückweg von einem Vortrag über die Relevanz der Luftwaffe für den Krieg stürzt ihr Generalstabschef Walther Wever in Dresden direkt nach dem Start ab und stirbt.

4. Juni

1923

Während eines Pferderennens stirbt der Jockey Frank Hayes auf halber Strecke an einem Herzinfarkt – und kommt trotzdem als Erster ins Ziel.

Es ist sein erster Sieg.

5. Juni

1956

Nachdem Elvis Presley im US-weiten Fernsehen »Hound Dog« aufgeführt hat, ist sich die Presse einig:

Er sei ein »sexueller Exhibitionist ohne jegliches musikalisches Talent«.

6. Juni

1944

Die Alliierten landen in der Normandie. Die Deutschen wissen nicht, was sie tun sollen. Ihr Befehlshaber Rommel fehlt.

Er ist in Württemberg, wo seine Frau Geburtstag feiert.

7. Juni

1926

Der weltberühmte Architekt Antoni Gaudí wird auf dem Weg zur Baustelle seiner »Sagrada Família« von einer Straßenbahn erfasst.

Weil ihn niemand erkennt und er verwahrlost wirkt, wird er für drei Tage ins Armenhospital gesteckt. Er stirbt.

8. Juni

1794

Im Zuge der Französischen Revolution wird der »Kult des höchsten Wesens« eingeführt. Er soll das Christentum ersetzen.

Nach 50 Tagen wird er wieder aufgegeben.

9. Juni

1626

Die Bewohner der im Dreißigjährigen Krieg belagerten Stadt Hannoversch Münden verspotten und beschimpfen von den Stadtmauern aus die vor den Toren stehenden Söldner Tillys.

Am Ende wird die Stadt erobert, von 2.500 Bewohnern überleben nur 20.

10. Juni

2012

Der Computerspieler Ed Heemskerk spielt bei einem Rekordversuch seit 57,5 Stunden das Spiel »Q*bert«, als ein Gewitter das Spiel abstürzen lässt.

11. Juni

2003

Weil ihr ein Zahn im Gaumen wächst und ihr Unglück droht, entscheiden indische Eltern, dass ihre Tochter sofort heiraten muss.

Die Heirat mit einem Jungen kann sich der Vater nicht leisten, deshalb muss sie einen Hund ehelichen.

12. Juni

Fehler 404

Gescheitert! Leider nix zu diesem Tag gefunden.
Aber das hier passt auch irgendwie:

2006: Gottesbeweis: Mit dem Ruf »Gott wird mich retten, wenn er existiert«, klettert ein Mann im Kiewer Zoo ins Löwengehege.

Ihm wird die Kehle durchgebissen.

13. Juni

1881

Das Polarforschungsschiff »U.S.S. Jeannette« ist im Polareis festgefroren, fast zwei Jahre treiben Schiff und Besatzung im Eis.

Am 13. Juni 1881 wird das Schiff schließlich vom Eis zerquetscht und sinkt.

14. Juni

1999

Als 42 belgische Schulkinder nach dem Trinken von Coca Cola über Übelkeit klagen, versucht der Getränkekonzern das Thema zu ignorieren.

Der Staat Belgien verbietet landesweit den Verkauf sämtlicher Produkte des Herstellers.

15. Juni

1859

Der Bauer Lyman Cutlar erschießt ein Schwein, das in seinen Garten auf den San-Juan-Inseln gelaufen ist. Weil das Territorium sowohl von den USA als auch von Großbritannien beansprucht wird, stehen sich in der Folge bald 2.600 Soldaten beider Länder kriegsbereit gegenüber.

16. Juni

1997

The Verve landet mit »Bitter Sweet Symphony« einen Welthit, muss nach Lizenzstreitigkeiten aber alle Einnahmen an die Rolling Stones abgeben.

17. Juni

1871

In den USA will ein Anwalt nachahmen, wie sich ein vermeintliches Mordopfer selbst getötet hat. Er erschießt sich dabei.

Sein Mandant kommt frei.

18. Juni

1928

Nachdem das Expeditionsluftschiff »Italia« nahe des Nordpols havariert, fliegt Roald Amundsen zur Hilfe.

Und verunglückt selbst tödlich mit seinem Flugboot.

19. Juni

1585

Siedler gründen die erste englische Kolonie in Nordamerika. Im Sommer merken sie, dass ihnen die Zeit fehlt, um Vorräte für den Winter anzubauen.

Sie kehren größtenteils zurück nach Europa.

20. Juni

1898

Die »USS Charleston« feuert im Spanisch-Amerikanischen Krieg 13 Schüsse auf die Insel Guam ab. Da die Einwohner nichts vom Krieg wissen, halten sie es für Salutschüsse.

Guam wird ohne Blutvergießen eingenommen.

21. Juni

1962

Um 22.30 Uhr rufen Münchner Anwohner die Polizei, weil Jugendliche Musik machen. In Folge des unverhältnismäßig harten Einsatzes der Polizei kommt es tagelang zu Straßenschlachten mit bis zu 40.000 Beteiligten.

Unter ihnen der junge Andreas Baader.

22. Juni

2006

Der englische Schiedsrichter Graham Poll zieht den aussortierten australischen Torhüter Mark Schwarzer damit auf, nicht im WM-Kader 2006 zu stehen.

Am selben Tag gibt er einem Spieler versehentlich drei gelbe Karten und wird danach von der FIFA nach Hause geschickt.

23. Juni

1942

Der deutsche Kampfpilot Armin Faber verliert die Orientierung, hält den Bristolkanal unter sich für den Ärmelkanal und landet sein brandneues, bislang geheimes Kampfflugzeug wohlbehalten auf einem britischen Flughafen.

Dort wird er verhaftet.

24. Juni

2012

Lonesome George, die weltweit letzte Pinta-Riesenschildkröte, stirbt nach 41 Jahren Einsamkeit.

25. Juni

2009

Die Schauspielerin Farrah Fawcett stirbt an Krebs. Kaum jemand nimmt davon Notiz, weil Stunden später Michael Jackson stirbt.

26. Juni

1896

Bayer lässt sich Heroin markenrechtlich schützen. 1898 kommt es auf den Markt.

Einzige Nebenwirkungen laut Beipackzettel: Verstopfung und Lustlosigkeit.

27. Juni

1990

Als das Hubble-Weltraumteleskop sein erstes Foto zur Erde sendet, fällt auf: Es stellt nicht richtig scharf.

Der Fehler kann erst zweieinhalb Jahre später behoben werden.

28. Juni

1914

Leopold Lojka chauffiert den Erzherzog Franz Ferdinand und dessen Frau durch Sarajevo. Er nimmt die falsche Route und will umdrehen.

Er wendet genau an der Stelle, an der der Attentäter Gavrilo Princip steht.

29. Juni

2011

Konstantin Kaplan wird in Weißrussland verurteilt, weil er bei einer regierungskritischen Demonstration geklatscht haben soll.

Er hat nur einen Arm.

30. Juni

1887

Der Erfinder von Coca-Cola verkauft zwei Drittel seiner Firma, um seine Drogensucht zu finanzieren.

1. Juli

1884

Allan Pinkerton, Gründer der gleichnamigen weltberühmten Detektivagentur, stolpert auf einem Bürgersteig und beißt sich auf die Zunge.

So fest, dass er an Wundbrand stirbt.

2. Juli

1989

Die Frauenfußballnationalmannschaft der BRD gewinnt den EM-Titel.

Als Siegprämie bekommt jede Spielerin vom DFB ein Kaffeeservice geschenkt.

3. Juli

2011

Philip Contos protestiert mit 550 anderen Fahrern bei einer Motorrad-Demo gegen die im Bundestaat New York geltende Helmpflicht.

Während der Demo fällt er vom Motorrad und stirbt, weil er keinen Helm trug.

4. Juli

1945

Bei einer Luftabwehrübung beschießt sich der Kreuzer »Bahia« selbst und trifft die Wasserbomben an Bord.

Das Schiff sinkt, 336 Seeleute sterben.

5. Juli

1945

Bei der britischen Unterhauswahl darf Premierminister Churchill nicht mit abstimmen. Er ist nicht im Wählerregister eingetragen.

Er gewinnt zwar den Zweiten Weltkrieg, verliert aber diese Wahl.

6. Juli

1988

Bauarbeiter auf der Bohrinsel »Piper Alpha« vergessen die Schrauben an einer Gasleitungsöffnung mit Werkzeug festzuziehen.

Beim folgenden Brand sterben 167 Menschen, die Plattform stürzt ein.

7. Juli

2011

Schnell und unbürokratisch: Die Stadt Braunau am Inn entzieht Adolf Hitler die Ehrenbürgerwürde.

8. Juli

2003

Die am Kopf verwachsenen siamesischen Zwillinge Ladan und Laleh Bijani wollen je eigene Wege gehen und nach 29 Jahren getrennt werden.

Sie sterben bei der Operation.

9. Juli

1993

Garry Hoy will zeigen, dass die Fensterscheiben in einem Hochhaus unzerbrechlich sind. Er wirft sich gegen eine. Die Scheibe hält, der Rahmen nicht.

Er stürzt aus dem 24. Stock und stirbt.

10. Juli

1925

Der indische Guru Meher Baba beginnt zu schweigen. Zuvor erklärt er, eines Tages das Wort auszusprechen, das alle erlöst.

44 Jahre später stirbt er und hat noch immer nichts gesagt.

11. Juli

1276

Weil es extrem heiß ist, sie nicht genug zu trinken bekommen und nur noch nach Hause wollen, wählen die Kardinäle Hadrian V. zum Papst.

Er stirbt einen Monat später an den Folgen der Wahlumstände.

12. Juli

2001

In Afghanistan verbieten die Taliban die Nutzung des Internets, weil es Obszönitäten verbreite.

Osama bin Laden lädt derweil Pornos und Katzenvideos runter.

13. Juli

1951

Der Komponist Arnold Schönberg hat zeitlebens Angst vor der Zahl 13.

Er stirbt an einem Freitag, den 13. um 13 Minuten vor Mitternacht.

14. Juli

1789

In Paris wird die Bastille gestürmt, um politische Häftlinge zu befreien. Die Angreifer finden sieben Gefangene – vier Urkundenfälscher, zwei Irre und einen Sexualstraftäter.

15. Juli

1972

Die Pruitt-Igoe Großwohnsiedlung in St. Louis wird nach nur 18 Jahren abgerissen.

Sie war für ihre moderne Architektur ausgezeichnet worden, erwies sich aber als unbewohnbar.

16. Juli

2009

Zum 40. Jubiläum des Starts der ersten Mondlandungsrakete »Apollo 11« gibt die NASA zu, die Original-Videokassetten der Landung in den 80ern überspielt zu haben.

17. Juli

2007

Ein Autohaus in New Mexico verschickt 50.000 Rubbellose.

Aufgrund eines Fehlers der Druckerei verspricht jedes einzelne den Hauptgewinn von 1.000 Dollar.

18. Juli

Fehler 404

Gescheitert! Leider nix zu diesem Tag gefunden.
Aber das hier passt auch irgendwie:

Als sich die Tochter des Drogenbosses Escobar ein Einhorn zum Geburtstag wünscht, lässt er einem Pferd ein Horn an die Stirn nageln.

Es stirbt.

19. Juli

1952

Die Olympischen Spiele von Helsinki beginnen. Das Saarland nimmt mit einer eigenen Mannschaft teil.

Und gewinnt null Medaillen.

20. Juli

1969

Edwin »Buzz« Aldrin betritt als zweiter Mensch nach Neil Armstrong den Mond. Ein dritter muss in der »Apollo«-Kapsel bleiben und umkreist 27-mal alleine den Mond.

Keiner kennt mehr seinen Namen.

21. Juli

2014

Ein zu Ehren von George Harrison in Los Angeles gepflanzter Baum stirbt an einer Plage von Käfern – oder englisch: Beetles.

22. Juli

Fehler 404

Gescheitert! Leider nix zu diesem Tag gefunden.
Aber das hier passt auch irgendwie:

Edward de Vere, Earl von Oxford, furzt hörbar in Anwesenheit von Queen Elizabeth I. Er geht daraufhin sieben Jahre auf Reisen. Als er zurückkommt, begrüßt die Queen ihn mit den Worten: »My Lord, ich hatte den Furz vergessen.«

23. Juli

1983

Air-Canada-Flug 143 tankt zu wenig Kerosin. Bei der Notlandung kommt das Flugzeug knapp vor einem Volksfest zum Stehen.

Mechaniker sollen die Maschine wieder flottmachen, bleiben auf dem Weg dorthin mit ihrem Auto jedoch ebenfalls wegen Spritmangels liegen.

24. Juli

1874

Henry Woodward und Mathew Evans stellen einen Patentantrag für eine Glühbirne. Thomas Edison kauft ihnen das Patent ab.

Edison wird berühmt, Woodward und Evans werden vergessen.

25. Juli

1911

Bobby Leach stürzt sich in einem Fass die Niagarafälle hinab und überlebt. Später rutscht er auf einer Orangenschale aus, bricht sich dabei das Bein. Es entzündet sich und muss amputiert werden.

Zwei Monate danach stirbt er.

26. Juli

1755

Der niederländische Maler Rembrandt meldet Zahlungsunfähigkeit an. 2009 wird eines seiner Gemälde für 33 Millionen Dollar versteigert.

27. Juli

1817

US-Präsident James Monroe besichtigt die im Bau befindliche Grenzschutzfestung Fort Montgomery.

Der Bau wird wenig später abgebrochen, weil man versehentlich auf kanadischem Staatsgebiet gebaut hatte.

28. Juli

1835

Joseph Fieschi versucht mittels einer Höllenmaschine aus 25 Gewehren den französischen König zu töten. 400 Schuss werden abgegeben. 18 Gefolgsleute sterben.

Der König nicht.

29. Juli

1967

Auf dem amerikanischen Flugzeugträger USS Forrestal feuert ein stehendes Flugzeug aufgrund eines technischen Fehlers eine Rakete ab. In der Kettenreaktion explodierender Flugzeuge und ihrer Bomben werden 21 Flugzeuge zerstört, 134 Besatzungsmitglieder sterben.

30. Juli

1985

Die Rettungsschwimmer von New Orleans feiern, dass seit einem Jahr niemand in den städtischen Bädern verunglückt ist.

Am Ende des Abends entdecken sie den ertrunkenen Jerome Moody im Pool.

31. Juli

1914

Der Pazifist Jean Jaurès wird erschossen. Der Täter wird freigesprochen, weil er einen Kriegsgegner ausgeschaltet und dadurch Frankreich gedient habe.

Jaurès Witwe muss die Prozesskosten tragen.

1. August

1936

Bei der Eröffnung der Olympischen Sommerspiele in Berlin bemerkt Liechtensteins Regierung, dass das Fürstentum exakt die gleiche Flagge wie Haiti hat.

2. August

1953

In der Formel 1 treten beim Großen Preis von Deutschland auch zwei Teams aus der DDR an. Eins scheidet aus, das andere wird Drittletzter.

Die DDR nimmt nie wieder teil.

3. August

2016

Ein deutscher Aussteiger, der in La Palma in einer Höhle lebt, zündet sein benutztes Klopapier an.

Es kommt zum Waldbrand. Ein Forstarbeiter stirbt. Ein Löschhubschrauber stürzt ab.

4. August

2008

Die britische Zeitschrift »Healthy and Organic Living« schickt all ihren Abonnenten eine Richtigstellung:

Der prominente Koch Antony Worrall Thompson hatte in einem Interview das hochgiftige Schwarze Bilsenkraut als Salatzutat empfohlen.

5. August

2004

US-Präsident George W. Bush: »Unsere Feinde sind innovativ und erfinderisch – genau wie wir. Sie hören nie auf sich neue Wege auszudenken unserem Land und unserem Volk zu schaden – genau wie wir.«

6. August

1964

Der Student Donald Rusk Currey untersucht in Nevada alte Bäume. Zu Analysezwecken fällt er einen.

Später stellt sich heraus, dass er den ältesten Baum der Welt abgeholzt hat.

7. August

1954

Der Marathon-Läufer Jim Peters führt bei den Commonwealth Games mit 17 Minuten als er das Stadion erreicht.

Weil er nichts getrunken hat, fällt er um, kriecht weiter und bleibt schließlich 200 Meter vorm Ziel liegen.

8. August

1975

Der Banqiao-Staudamm am chinesischen Fluss Ru bricht während des Taifuns »Nina«. Die daraus entstehende Flutwelle zerstört weitere 62 Staudämme.

Es sterben weit über 100.000 Menschen direkt und an den Folgen der Überflutungen.

9. August

1173

Grundsteinlegung für den Glockenturm in Pisa. Die Archtitekten planen einen geraden Turm.

Als sie beim dritten Stock ankommen, hört das Bauwerk auf, sich an den Plan zu halten.

10. August

1628

Eines der größten und prachtvollsten Kriegsschiffe seiner Zeit, die schwedische »Vasa«, sinkt.

Nach 1.300 Metern. 20 Minuten. Auf ihrer Jungfernfahrt.

11. August

1920

Der Friede von Riga wird unterzeichnet. Russland erkennt darin »für alle Zeiten« Lettlands Grenzen an.

20 Jahre später besetzen Stalins Truppen das Land.

12. August

1828

Der Afrikaforscher René Caillié kehrt als erster Europäer lebend aus der sagenumwobenen, mythisch-reichen Handelsstadt Timbuktu zurück.

Weil er die Stadt als arm und heruntergekommen beschreibt, glaubt ihm niemand.

13. August

2010

Freitag, der 13. Ein 13-jähriger Junge wird bei einem Festival in Suffolk vom Blitz getroffen. Er erleidet Verbrennungen.

Die Erstversorgung findet laut Krankenakte um 13:13 Uhr statt.

14. August

1977

Der Australier Alan Jones gewinnt überraschend das Formel 1-Rennen von Österreich. Niemand weiß, wie man die australische Hymne spielt.

Ein Trompeter stimmt »Happy Birthday« an.

15. August

1248

In Köln wird feierlich der Grundstein des Doms gelegt. Seine Bauzeit wird 632 Jahre betragen.

16. August

1989

Aufgrund eines Sonnensturms spielen die Mikrochips in den Computern der Börse von Toronto verrückt.

Der Aktienhandel bricht zusammen.

17. August

1896

In London ereignet sich der erste tödliche Autounfall der Geschichte – der Wagen ist mit 6,5 km/h unterwegs.

Der Untersuchungsrichter sagt zum Abschluss des Verfahrens, er hoffe, dass so etwas nie wieder passieren werde.

18. August

1227

Dschingis Khan stirbt. 2.000 Trauergäste besuchen seine Beerdigung.

Gemäß mongolischer Sitte werden sie danach alle umgebracht.

19. August

Fehler 404

Gescheitert! Leider nix zu diesem Tag gefunden.
Aber das hier passt auch irgendwie:

Der in der Wildnis Alaskas vermisste Fotograf Carl McCunn wird von einem Flugzeug entdeckt. Vor Freude über seine Rettung signalisiert er dem Piloten »Alles in Ordnung!«, das Flugzeug dreht ab.

McCunns Überreste und Tagebuch werden im Februar 1982 gefunden.

20. August

2012

Die spanische Rentnerin Cecilia Giménez will in einer Kappelle im spanischen Borja ein Jesus-Fresko eigenhändig restaurieren, verpfuscht das Bild allerdings, so dass Jesus wie ein Affe aussieht.

Der Pfusch wird zur touristischen Sensation.

21. August

1911

Im Pariser Louvre wird mit der »Mona Lisa« das berühmteste Gemälde der Welt gestohlen. Der Verlust wird erst nach 24 Stunden bemerkt. Verdächtigt wird unter anderem Pablo Picasso.

Mitgenommen hat es der italienische Anstreicher Vincenzo Peruggia unter seinem Kittel.

22. August

1873

Der russische Arzt Alexander Bogdanow propagiert Bluttransfusionen als »medizinische Jungbrunnen«.

Bis er sich das Blut eines seiner Studenten injiziert, der Malaria und Tuberkolose hat.

23. August

1785

Kaiser Joseph II. befiehlt den Österreichern die Anschaffung wiederverwendbarer Sparsärge, bei denen der Tote durch eine Klappe ins Grab fällt.

Das Vorhaben wird nach sechs Monaten wegen Massenprotesten beendet.

24. August

2006

Die Internationale Astronomische Union erkennt Pluto 76 Jahre nach seiner Entdeckung den Planetenstatus ab.

25. August

Fehler 404

Gescheitert! Leider nix zu diesem Tag gefunden.
Aber das hier passt auch irgendwie:

1769: Der tödlichste Blitz der Geschichte schlägt im italienischen Brescia ein. Er trifft ein Munitionsdepot.

Etwa 3.000 Tote.

26. August

1854

Der französische Erfinder Charles Bourseul skizziert in der Zeitschrift »L'Illustration« die mögliche Entwicklung eines Telefons.

Niemand nimmt ihn ernst, Bourseul verwirft die Idee wieder.

27. August

1896

Sansibar versucht, in einem Krieg gegen die Kolonialmacht des Vereinigten Königreichs aufzubegehren, verliert aber innerhalb von 38 Minuten.

28. August

1957

Um das Gesetz über die Bürgerrechte der Afroamerikaner zu verhindern, spricht Strom Thurmond 24 Stunden und 18 Minuten am Stück im US-Senat.

Im Anschluss wird der Gesetzentwurf mit 72 zu 18 Stimmen angenommen.

29. August

1009

Der Mainzer Dom brennt nieder.
Am Tag seiner Weihe. Nach 30 Jahren Bauzeit.

Ursache: Die Festbeleuchtung.

30. August

2013

Die gebogene Form eines Londoner Wolkenkratzers führt dazu, dass an bestimmten Sommertagen das Sonnenlicht gebündelt auf die Straße reflektiert wird.

Einem Reporter gelingt es, in diesem Lichtstrahl ein Spiegelei zu braten.

31. August

1915

Die dreijährige Maude Smith wird von ihren Eltern per Post zu Verwandten geschickt.

Erst 1920 verbietet das U.S. Post Office das Versenden von Kindern.

1. September

1818

Der Arzt James Blundell führt die erste Bluttransfusion der Geschichte durch. Empfänger: Ein an Magenkrebs erkrankter Patient. Blutspender: Mehrere zufällig anwesende Personen.

Der Patient stirbt nach zweieinhalb Tagen.

2. September

1666

Der königliche Bäcker Thomas Farynor übersieht abends in seiner Londoner Backstube ein wenig Glut im Backofen.

Das entstehende Feuer zerstört 80% der Stadt und macht 100.000 Menschen obdachlos.

3. September

Fehler 404

Gescheitert! Leider nix zu diesem Tag gefunden.
Aber das hier passt auch irgendwie:

1979: Bundeskanzler Helmut Schmidt hält Privatfernsehen für gefährlicher als Kernenergie. Im September wird die Verkabelung von elf Großstädten mit Kabel-TV gestoppt.

4. September

Fehler 404

Gescheitert! Leider nix zu diesem Tag gefunden.
Aber das hier passt auch irgendwie:

1997: Auf dem mit Windows-Computern ausgestatteten Kriegsschiff der US Navy »USS Yorktown« versucht ein Crewmitglied durch Null zu dividieren.

Das System stürzt ab, das Schiff muss in den nächsten Hafen geschleppt werden.

5. September

1999

Drei palästinensische Attentäter sterben in ihren explodierenden Autos.

Ihre Zeitbomben sind noch auf Sommerzeit gestellt.

6. September

1953

Von wegen Entnazifizierung. Nach der Bundestagswahl 1953 sitzen im Deutschen Bundestag 129 ehemalige NSDAP-Mitglieder.

Das entspricht 25,5% aller Mandate.

7. September

1776

Das erste U-Boot der Kriegsgeschichte wird vom Amerikaner Ezra Lee gesteuert. Seine Mission scheitert, weil er den geplanten Sprengsatz nicht an ein britisches Schiff nageln kann:

Das Schiff hat eine Metallhülle.

8. September

1923

Auf dem Weg von San Francisco nach San Diego laufen bei hoher Geschwindigkeit neun Zerstörer der US-Marine nacheinander auf Grund.

Nur zwei können sich wieder befreien.

9. September

1087

William der Eroberer stirbt. Als sein aufgeblähter Körper in den zu engen Steinsarkophag gedrückt wird, platzt er auf, weshalb alle Trauergäste das Weite suchen.

10. September

1983

Der Aufschlag des Tennisspielers Stefan Edberg trifft den Linienrichter Dick Wertheim in den Unterleib.

Er fällt nach hinten, bricht sich den Schädel und stirbt fünf Tage später.

11. September

1978

Janet Parker stirbt als letzter Mensch an Pocken. Sie infiziert sich über den Luftkanal des Labors von Pockenforscher Henry Bedson, das eine Etage tiefer liegt.

Bedson schneidet sich daraufhin die Kehle auf.

12. September

1992

In Peru verstecken sich neun Mitglieder der Terrorgruppe »Leuchtender Pfad« in einem Haus.

Weil ihr Anführer eine Schuppenflechte hat und seine Medikamentenpackungen in den Müll wirft, werden sie entdeckt.

13. September

1916

Weil sie ihren Trainer zu Tode getrampelt hatte, wird die Zirkus-Elefantenkuh Mary in Tennessee gehängt. Beim ersten Versuch reißt die Kette, erst beim zweiten stirbt das Tier.

14. September

1927

Die Tänzerin Isadora Duncan will sich in einem offenen Bugatti durch Nizza fahren lassen. Beim Losfahren verfängt sich ihr Schal im rechten Hinterrad.

Der Schal hält, die Halsschlagadern reißen.

15. September

1830

Der britische Politiker William Huskisson nimmt an der Eröffnung der ersten modernen Dampfeisenbahnlinie von Liverpool nach Manchester teil.

Und wird das erste Todesopfer eines Eisenbahnunfalls.

16. September

1835

Die »New York Sun« muss zugeben, sich eine sechsteilige Zeitungsserie über auf dem Mond entdecktes Leben ausgedacht zu haben.

Fast alle Zeitungen Amerikas haben sich den Schilderungen angeschlossen.

17. September

1988

Bei der Eröffnungsfeier der Olympischen Spiele in Seoul werden 1.200 Tauben freigelassen. Einige setzen sich auf die Schale, die für das olympische Feuer gedacht ist.

Als es entzündet wird, verbrennen sie.

18. September

1944

Das britische U-Boot »HMS Tradewind« versenkt das japanische Schiff »Junyō Maru«.

Der befehlshabende Offizier wusste nicht, dass 2.300 alliierte Kriegsgefangene an Bord waren.

19. September

1991

Die Leiche eines etwa 45 Jahre alten Mannes wird in Südtirol gefunden. Er wurde vor 5.000 Jahre ermordet.

Sein Name: Ötzi.

20. September

1957

Auf Befehl Maos werden in China Sperlinge getötet, weil sie das Saatgut fressen. Daraufhin breiten sich Insekten aus und vernichten die Ernten.

20 Millionen Chinesen verhungern.

21. September

1921

Auf dem BASF-Gelände bei Ludwigshafen explodieren 4.500 Tonnen Ammonsalpeter.

Die Druckwelle wirft im 25 Kilometer entfernten Heidelberg eine Straßenbahn um, selbst im 300 Kilometer entfernten München ist der Knall noch zu hören.

22. September

1739

Der Herrlichkeitszwinger ist das drittgrößte Gebäude von Bremen. Und der zentrale Lagerort für das Schießpulver und die Handgranaten der Stadt. Bis am 22. September der Blitz einschlägt.

Ein Sechstel der Stadt brennt nieder.

23. September

1999

Die NASA verliert den Kontakt zum 327 Millionen Dollar teuren »Mars Climate Orbiter«.

Grund: Das System rechnet teils mit internationalen, teils mit amerikanischen Längeneinheiten.

24. September

1975

Zwei Tage nachdem er US-Präsident Ford das Leben gerettet hat, wird Oliver Sipple von den Medien als schwul geoutet. Seine Mutter bricht daraufhin den Kontakt ab.

Sipple nimmt sich später das Leben.

25. September

1968

Nach einem Schlaganfall wird der portugiesische Diktator Salazar entmachtet ohne es zu merken.

Ihm wird bis zu seinem Tod vorgespielt, er sei noch an der Macht – inklusive Kabinettsitzungen.

26. September

2010

Der Eigentümer von Segway Inc. stürzt auf seinem Segway-Fahrzeug eine Klippe hinab und stirbt.

27. September

1998

Sergey Brin und Larry Page gründen Google. Wenige Monate später bieten sie es dem Portal Excite für 750.000 Dollar zum Kauf an.

Excite lehnt ab.

28. September

1883

Eine Anarchistengruppe plant ein Sprengstoffattentat auf Kaiser Wilhelm I. Das einzige Problem: Bei den Planungen haben sie nicht mit Regen gerechnet. Auch im zweiten Versuch brennt die Zündschnur nur wenige Zentimeter lang.

29. September

1957

Ein Tank mit radioaktivem Material fliegt im russischen Kyschtym in die Luft. Die Sowjetunion hält den Unfall geheim, auch die amerikanische CIA verrät nichts, um die heimische Nuklearindustrie nicht zu gefährden.

30. September

1938

Chamberlain kündigt nach dem Münchner Abkommen an, dass Europa Jahrzehnte des Friedens bevorstehen.

1. Oktober

1982

Helmut Kohl wird Bundeskanzler. Sechs Jahre zuvor meinte Franz Josef Strauß: »Der Kohl wird nie Kanzler werden. Der wird mit 90 die Memoiren schreiben: Ich war 40 Jahre Kanzlerkandidat.«

Kohl bleibt noch 16 Jahre im Amt.

2. Oktober

1989

Der österreichische Mörder und Betrüger Udo Proksch lässt sich auf der Flucht vor der Polizei in Manila das Gesicht umoperieren.

Er wird bei seiner nächsten Ankunft in Wien umgehend erkannt und verhaftet.

3. Oktober

2003

Der Zauberkünstler Roy Horn erleidet auf der Bühne einen leichten Schlaganfall. Sein weißer Tiger sieht das und versucht ihn am Nacken von der Bühne zu tragen.

Horn wird dabei schwer verletzt.

4. Oktober

2001

Bei einer Flugabwehrübung der ukrainischen Marine verfehlt eine Boden-Luft-Rakete die für sie zugeteilte Zieldrohne und verfolgt daraufhin das viel weiter oben fliegende Passagierflugzeug der Sibir Air.

Alle 78 Menschen an Bord sterben.

5. Oktober

1962

Mit »Dr. No« feiert der erste Film der James-Bond-Reihe Premiere. Das »Time«-Magazin prophezeit dem Agenten keine Zukunft: Er sei ein »geschwätziger Lump«, Sean Connery ein »großer, haariger Marshmallow«.

6. Oktober

1859

Thomas Austin, vom Heimweh nach England geplagter Australier, setzt zwölf Kaninchenpaare zu Jagdzwecken auf seinem Grundstück aus.

Innerhalb von 60 Jahren werden daraus 10 Milliarden Tiere und die größte eingeschleppte Plage der Neuzeit.

7. Oktober

1916

Die US-Universität Cumberland löst im Sommer 1916 ihre Football-Mannschaft auf, muss aber trotzdem noch ein Freundschaftspiel bestreiten. Cumberland schickt 16 Freunde des Trainers.

Sie verlieren 222:0.

8. Oktober

1906

Der Friseur Karl Ludwig Nessler demonstriert in London den von ihm erfundenen Dauerwellenapparat der Fachwelt.

Niemand ist an der Erfindung interessiert, weil sie die Stammkundschaft verringern könnte.

9. Oktober

1913

Um keine Strafe zahlen zu müssen, schnippt ein Passagier auf dem Passagierschiff Volturno seine Zigarette durch einen Schlitz im Boden, als sich ein Steward nähert. Sie fällt in den Gepäckraum, Feuer breitet sich aus, die Kessel explodieren, das Schiff sinkt.

136 Menschen ertrinken.

10. Oktober

2003

Die Gäste einer serbischen Hochzeit feiern den freudigen Anlass, indem sie in die Luft schießen. Dabei treffen sie den linken Flügel eines überfliegenden Kleinflugzeugs, es stürzt ab.

Beide Passagiere werden schwer verletzt.

11. Oktober

2010

Nach 32 Jahren ändert die Beklei-
dungsfirma Gap ihr Logo.

Der Aufschrei der Kundschaft ist so groß, dass nach genau einer Woche wieder das alte Logo verwendet wird.

12. Oktober

1216

Der englische König Johann Ohneland lässt seine gesamten Kronjuwelen sowie seine Kriegskasse mit auf einen Feldzug nehmen. Bei einer Abkürzung durchs Watt bleibt der vorderste Wagen stecken.

Als die Flut kommt, verliert Ohneland seine gesamten Reichtümer.

13. Oktober

1601

Der Astronom Tycho Brahe nimmt an einem Festbankett Kaiser Rudolphs II. teil.

Weil die Etikette ihm das Verlassen des Tisches vor dem Gastgeber verbietet, erleidet er einen tödlichen Blasenriss.

14. Oktober

2000

Regisseur Terry Gilliam beginnt 2000 mit dem Dreh eines »Don Quijote«-Films, scheitert aber. Zwischen Drehbuchidee 1989 und Premiere 2018 geht die Produktionsfirma pleite, laufen Gerichtsverhandlungen, sterben Darsteller. Am Ende ist das Werk laut Kritik: mittelmäßig.

15. Oktober

1863

Das U-Boot »H. L. Hunley« der US-Südstaaten-Marine sinkt auch bei seiner zweiten Testfahrt wieder.

Später wird es trotzdem in einen Einsatz geschickt, von dem es nicht zurückkehrt.

16. Oktober

1916

Margaret Sanger eröffnet in den USA die erste Klinik für Geburtenkontrolle.

Zehn Tage später wird sie geschlossen und Sanger ins Gefängnis gesteckt.

17. Oktober

2006

Der Milliardär Steve Wynn verkauft das Picasso-Gemälde »La Rêve« für 139 Millionen Dollar. Als er es seinen Freunden noch einmal zeigen will, reißt er mit seinem Ellenbogen ein Loch hinein.

Der Kauf platzt.

18. Oktober

1961

Das MoMa in New York eröffnet eine Ausstellung mit Bildern von Henri Matisse.

Erst 47 Tage später bemerkt ein Besucher, dass eins verkehrt herum hängt.

19. Oktober

Fehler 404

Gescheitert! Leider nix zu diesem Tag gefunden.
Aber das hier passt auch irgendwie:

2006: Einer Studie der amerikanischen Akademie der Wissenschaft zufolge sterben jährlich 7.000 Menschen in den USA aufgrund der unleserlichen Handschrift von Ärzten.

20. Oktober

1971

Borussia Mönchengladbach gewinnt im Europapokalachtelfinale sensationell mit 7:1 gegen Inter Mailand. Weil ein Zuschauer einen Mailänder Spieler mit einer Limonadendose trifft, wird das Spiel wiederholt.

Mönchengladbach scheidet aus.

21. Oktober

1885

Julius Rasmussen will den dänischen Premierminister Jacob Estrupp erschießen.

Der erste Schuss geht vorbei, der zweite prallt am Metallknopf der Jacke ab.

22. Oktober

1844

Der Prediger William Miller und seine zahlreichen Anhänger sind sicher: Jesus kehrt zurück und befreit die Welt von ihren Sünden.

Als Jesus nicht kommt, zünden sie Millers Kirchen an, gehen mit Messern aufeinander los, teeren und federn Gemeindemitglieder.

23. Oktober

Fehler 404

Gescheitert! Leider nix zu diesem Tag gefunden.
Aber das hier passt auch irgendwie:

1989: Fehlinvestition: Viktor Orbán bekommt ein Stipendium von George Soros.

24. Oktober

1929

Schwarzer Donnerstag. Börsencrash an der Wall Street. Es folgt »die große Depression«: zwölf Jahre Wirtschaftskrise in allen westlichen Industrienationen.

25. Oktober

2003

Sergio Martinez verläuft sich im Wald. Er entzündet ein Feuer, um auf sich aufmerksam zu machen.

Es wird zum größten Waldbrand in der Geschichte Kaliforniens.

26. Oktober

1984

In den USA wird einem mit einem schweren Herzfehler geborenen Säugling ein Pavianherz eingepflanzt, da kein menschliches Spenderorgan zur Verfügung steht.

Der Säugling stirbt nach drei Wochen.

27. Oktober

1981

Zum ersten Mal in der Geschichte der Luftfahrt wird ein Laserpointer auf einen Hubschrauber gerichtet. Weil es ein Polizeihelikopter ist, wird der Täter direkt gefasst.

Er erklärt, von einer Gefahr nichts gewusst und den Heli nur für die Justierung des Laserstrahls genutzt zu haben.

28. Oktober

1963

Der Armeechef Benins droht mit dem Beschuss des Parlaments, alle Minister treten zurück.

Sie ahnen nicht, dass das Militär nur einen einzigen Granatwerfer hat.

29. Oktober

1901

Leon Czolgosz, Mörder des US-Präsidenten William McKinley, wird auf dem elektrischen Stuhl hingerichtet.

Weil sein Tod den Henkern nicht reicht, wird sein Körper danach in Schwefelsäure aufgelöst.

30. Oktober

2011

Der BER (Flughafen Berlin-Brandenburg) wird eröffnet – jedenfalls ist das der Plan zum Zeitpunkt des Spatenstichs im Jahr 2006.

31. Oktober

2002

Nach einem Streit mit dem Schiedsrichter schießen die Spieler eines Fußballvereins aus Madagaskar nur noch auf das eigene Tor.

Die Partie endet 149:0.

1. November

1876

Alexander Graham Bell bietet Western Union sein Telefon-Patent für 100.000 Dollar an.

Deren Präsident William Orton lehnt ab, seine Firma sehe keinen Nutzen in einem elektronischen Spielzeug.

2. November

1944

Thomas Midgley jr. erfindet erst verbleites Benzin und FCKW, später erkrankt er an Kinderlähmung und erfindet ein Gerät, das ihn mit Seilzügen aus dem Bett heben kann. Schließlich verheddert er sich darin und stranguliert sich.

3. November

1949

1948 ist Frankfurt am Main so sicher, bundesdeutsche Hauptstadt zu werden, dass es schon einen Plenarsaal für den Bundestag baut. Dann wird Bonn mit 200 zu 176 Stimmen zur Hauptstadt gewählt.

Statt des Bundestags zieht in das Gebäude der Hessische Rundfunk ein.

4. November

1994

Zum Saisonstart der San Antonio Spurs wird in der geschlossenen Basketballarena ein Eröffnungsfeuerwerk gezündet, das einen automatischen Löschvorgang auslöst. Teile des mit 30.000 Besuchern gefüllten Stadions werden unter Wasser gesetzt.

5. November

1978

In einer Volksabstimmung lehnen 50,47% der Österreicher die Inbetriebnahme des gerade fertiggestellten Kernkraftwerks Zwentendorf ab.

Es geht nie ans Netz.

6. November

1977

20 Jahre lang versorgt der Kelly-Barnes-Staudamm das christliche Toccoa Falls College in Georgia mit Strom.

Zwei Jahrzehnte nach seiner Außerbetriebnahme bricht er, ergießt sich über die Hochschule und fordert 39 Menschenleben.

7. November

1872

Der Sargträger Henry Taylor stolpert bei einer Beerdigung auf dem Londoner Kensal-Green-Friedhof und wird vom Sarg erschlagen.

8. November

1973

In der südlichen Sahara wird der einzige Baum in einem Umkreis von 400 Kilometern von einem betrunkenen LKW-Fahrer umgefahren.

9. November

1902

Die Football-Mannschaft der Universität Stanford erreicht das erste nationale Meisterschaftsfinale und verliert 0:49.

Das nächste Finale findet erst 14 Jahre später statt.

10. November

1871

Nachdem er sechs Jahre verschollen war, wird David Livingstone mit den berühmten Worten »Dr. Livingstone, I presume?« gefunden.

Bis an sein Lebensende bekehrt der als »größter Missionar Afrikas« geltende Livingstone nur einen einzigen Afrikaner zum Christentum.

11. November

1887

Der US-amerikanische Anarchist Adolph Fischer bei seiner Hinrichtung: »Dies ist der glücklichste Moment meines Lebens!«

12. November

2004

Monatelang kündigt Sat.1 seine neue Telenovela »Alles nur aus Liebe« an. Kurz vor dem Sendestart fällt dem Sender auf, dass Fans Serien gerne mit ihren Initialen abkürzen.

(Sie heißt jetzt »Verliebt in Berlin«.)

13. November

1989

Stasi-Chef Erich Mielke sagt vor der DDR-Volkskammer: »Ich liebe doch alle Menschen.«

Er wird ausgelacht.

14. November

1908

General Dietrich von Hülsen-Haeseler tanzt zur Belustigung von Kaiser Wilhelm II. im Tutu und fällt während der Darbietung tot um. (Die Todesursache wird vertuscht.)

15. November

1974

Die US-Kommission für Verbraucher-sicherheit gibt 80.000 Buttons heraus, die für Spielzeugsicherheit werben.

Sie ruft sie selbst zurück, weil die Kanten zu scharf sind, die Farbe zu viel Blei enthält und Kinder Kleinteile ver-schlucken könnten.

16. November

Fehler 404

Gescheitert! Leider nix zu diesem Tag gefunden.
Aber das hier passt auch irgendwie:

63 v. Chr.: König Mithridates VI. nimmt sein Leben lang geringe Dosen Gift ein, um sich immun zu machen.

Mit Erfolg: Als er von seiner Familie abgesetzt wird, versucht er sich – vergeblich – zu vergiften.

17. November

1978

Der amerikanische TV-Sender CBS sendet ein »Star Wars Weihnachts-Special«.

George Lucas ist von der Qualität so entsetzt, dass die Sendung nie wieder im Fernsehen läuft und bis heute nicht im Handel erworben werden kann.

18. November

Fehler 404

Gescheitert! Leider nix zu diesem Tag gefunden.
Aber das hier passt auch irgendwie:

2013: Der fernsehbekannte Hellseher Derek Acorah muss eine Show im schottischen Dunfermine wegen unvorhergesehener Umstände absagen.

19. November

1969

»Apollo 12« landet als zweites Raumschiff auf dem Mond. Direkt zu Anfang richtet Astronaut Alan Bean die mitgebrachte TV-Kamera auf die Sonne und zerstört sie. Filme einer weiteren Kamera vergisst er beim Abflug auf dem Mond.

20. November

1980

Texaco sucht im Peigneur-See von Louisina nach Öl. Der Bohrer piekst das darunterliegende Salzbergwerk an.

Im entstehenden Strudel versinkt die Bohrinsel, der See wird von einem Süß- zu einem Salzwassersee.

21. November

2008

Ein Student klettert im Zoo von Guilin, China, ins Pandagehege, um den niedlichen Yang Yang zu knuddeln.

Der Bär beißt den Studenten so, dass der auf die Intensivstation muss.

22. November

1963

Nellie Connally, Frau des texanischen Gouverneurs, sagt zu John F. Kennedy: »Sie können wirklich nicht behaupten, dass Dallas Sie nicht lieben würde!«

Sekunden später wird er erschossen.

23. November

1997

Gus Frerotte, Quarterback der Football-Mannschaft Washington Redskins, feiert einen Punktgewinn, indem er seinen Kopf gegen eine Wand haut.

Er verstaucht sich den Nacken und muss ausgewechselt werden.

24. November

1949

In Uranminen im Erzgebirge sterben zwischen 200 und 2.000 Bergleute bei Stollenbränden.

Die DDR-Presse berichtet von 19 Fällen leichter Rauchvergiftung.

25. November

1970

Yukio Mishima fordert öffentlich die Wiedereinsetzung des japanischen Kaisers.

Weil sich niemand für seine Rede interessiert, lässt er sich noch vor Ort von einem Unterstützer enthaupten.

26. November

1778

Nach einem Monat auf hoher See erblickt James Cook als erster Europäer die Insel Maui.

Weil er keinen Anlegeplatz findet, segelt er noch acht Wochen weiter.

27. November

1956

Dem Ruderer Wjatscheslaw Iwanow fällt bei der Siegerehrung seine Olympiagoldmedaille ins Wasser.

Er springt hinterher, doch die Medaille bleibt unauffindbar.

28. November

2000

Im am längsten andauernden Laborexperiment der Welt fällt nach zwölf Jahren wieder ein Tropfen Pech aus einem Trichter.

Genau an diesem Tag fällt die eigens installierte Webcam aus.

29. November

1971

Aldi Nord-Gründer Theo Albrecht wird entführt und kommt für 7 Millionen DM Lösegeld frei.

Er will das Geld als Ausgabe steuerlich absetzen, scheitert aber vor Gericht.

30. November

1954

Ann Hodges macht in ihrem Wohnzimmer Mittagsschlaf. Dabei wird sie von einem Meteoriten getroffen.

1. Dezember

1960

Der noch unbekannte Paul McCartney nagelt in Hamburg ein Kondom an die Wand eines Musikklubs und zündet es an.

Er wird er von der Polizei wegen Brandstiftung verhaftet und nach England abgeschoben.

2. Dezember

2008

370 Christbaumkugeln werden von Bürgern ans Weiße Haus geschickt und an den Weihnachtsbaum von George W. Bush gehängt. Nur die Kugel von Deborah Lawrence ist nicht dabei.

Sie fordert darauf dessen Amtsenthebung.

3. Dezember

1999

Nach einem elfmonatigen Flug durchs Weltall zerschellt die NASA-Sonde »Mars Polar Lander« fast ungebremst auf der Oberfläche des roten Planeten.

Die Mission hat hunderte Millionen Dollar gekostet.

4. Dezember

2006

Eine Frau pupst auf dem Flug nach Dallas. Sie will den Geruch durch Anzünden eines Streichholzes überdecken und wird dabei von anderen Passagieren beobachtet.

Der Flieger macht eine Notlandung in Dallas und wird vom FBI durchsucht, die Frau zum Verhör gebracht.

5. Dezember

1952

In London herrscht fünf Tage lang Smog. Es sterben etwa 12.000 Menschen.

6. Dezember

1997

Vier Fallschirmspringer wollen als weltweit erste einen Vierersprung über dem Südpol durchführen. Die weiße Eisfläche erlaubt keine Einschätzung der Höhe.

Drei von ihnen öffnen ihren Fallschirm nicht.

7. Dezember

1815

Marschall Michel Ney wird in Paris wegen Hochverrats zum Tode verurteilt.

Bei seiner Erschießung gibt er selbst den Feuerbefehl.

8. Dezember

2005

Ein Börsenhändler in Tokio erhält den Auftrag, eine Aktie von J-Com zum Preis von 610.000 Yen zu verkaufen. Er gibt jedoch stattdessen eine Verkaufsorder über 610.000 Aktien zum Preis von einem Yen in sein Handelssystem ein.

Der Schaden beträgt 300 Millionen Euro.

9. Dezember

1935

Jay Berwanger erhält als erster American-Football-Nachwuchsspieler die renommierte Heisman-Trophäe. Er wird nie ein Profispiel bestreiten, weil er vorher als Amateur-Zehnkämpfer zu den Olympischen Spielen will.

Zu denen er nicht nominiert wird.

10. Dezember

1932

Australische Soldaten versuchen mit Maschinengewehren gegen eine Emu-Plage vorzugehen.

Nach 31 Tagen kapituliert das australische Militär im »Emu-Krieg«.

11. Dezember

1930

Eine Woche nach seiner Deutschland-premiere wird der Film »Im Westen nichts Neues« von der Obersten Film-prüfstelle verboten:

Er habe eine »ungehemmte pazifistische Tendenz«.

12. Dezember

1959

Vier Sekunden nach dem Start der Triebwerke der NASA-Rakete »Titan I« lösen die Vibrationen den Selbstzerstörungsmodus aus.

13. Dezember

1294

Nachdem sich die Kardinäle zwei Jahre lang auf keinen neuen Papst einigen können, schreibt ihnen der Einsiedler Pietro da Morrone einen wütenden Brief. Daraufhin wählen die Kardinäle ihn zum Papst.

Nach fünf Monaten tritt er als erster Papst überhaupt von seinem Amt zurück.

14. Dezember

1918

Am 9. Oktober 1918 wird Friedrich Karl von Hessen zum König von Finnland gewählt.

Wenige Wochen später muss er wegen der deutschen Weltkriegsniederlage zurücktreten.

15. Dezember

1944

Der Musiker Glenn Miller stirbt auf dem Weg zu einem Truppenbesuch in Paris. Sein ziviles Flugzeug wird von ungenutzten Bomben getroffen, die britische Jagdflieger aus Sicherheitsgründen über dem Ärmelkanal abwerfen.

16. Dezember

1962

John Paul Scott schafft es als erster Mensch von der Gefängnisinsel Alcatraz zu fliehen. Völlig entkräftet bricht er am Ufer zusammen.

Er wird entdeckt, wiederbelebt und zurück in den Knast gebracht.

17. Dezember

1938

Die Versicherung Lloyds ist sich sicher, dass sich Großbritannien im nächsten Jahr nicht im Krieg befinden wird. Die Wettquote wird mit 32:1 festgesetzt.

Am 3. September 1939 erklärt Großbritannien dem Deutschen Reich den Krieg.

18. Dezember

1974

Teruo Nakamura wird auf der indonesischen Insel Morotai verhaftet. Er hat dort 30 Jahre als japanischer Soldat ausgeharrt, ohne zu wissen, dass der Zweite Weltkrieg vorüber ist.

19. Dezember

1983

Der WM-Pokal der brasilianischen Fußballnationalmannschaft wird aus dem Verbandsmuseum gestohlen:

Die Vitrine ist zwar aus Panzerglas, ihr Holzrahmen lässt sich aber mit einem Brecheisen aufhebeln.

20. Dezember

2008

Ab Dezember 2008 bringt die chilenische Zentralbank 1,5 Millionen Münzen mit der Aufschrift »CHIIE« in Umlauf.

21. Dezember

1967

Weil ihn die Ärzte falsch medikamentieren, stirbt Louis Washkansky an einer Lungenentzündung.

18 Tage zuvor war ihm als erstem Menschen erfolgreich ein Herz transplantiert worden.

22. Dezember

2011

Losverkäuferinnen vergessen auf ihrer Verkaufstour einen Stammkunden.

Alle anderen 228 Bewohner des spanischen Dorfes gewinnen in der Lotterie zusammen 120 Million Euro.

23. Dezember

1975

Präsident Ford unterzeichnet ein Gesetz, das dem metrischen System in den USA zum Durchbruch verhelfen soll.

Stattdessen kommt es zu einem Durcheinander von Maßeinheiten, das bis heute anhält.

24. Dezember

1647

Das englische Parlament verbietet Weihnachten. Es sei ein »Fest ohne biblische Grundlage«.

25. Dezember

1914

Beim Weihnachtsfrieden im Ersten Weltkrieg spielen Deutsche und Engländer zusammen Fußball und tauschen Geschenke aus.

Danach schießen sie wieder aufeinander.

26. Dezember

1776

Im Amerikanischen Unabhängigkeitskrieg erhält der für die Briten kämpfende Deutsche Johann Rall einen Zettel, der die Pläne des Gegners verrät.

Weil er auf Englisch ist, liest er ihn nicht und die Briten verlieren die Schlacht.

27. Dezember

2017

Weil durch eine Verwechslung ein Passagier im falschen Flugzeug sitzt, kehrt eine Boeing auf dem Weg nach Tokio auf halber Strecke um. Dass der Passagier auch nach Tokio will, ist dem Kapitän egal.

Alle müssen zurück nach L.A.

28. Dezember

2014

Ein 21-jähriger Münchner bindet seinen Schlitten mit einem fünf Meter langen Seil hinten an einen Linienbus und setzt sich drauf.

Die Polizei stoppt die Schlittenfahrt auf der Autobahn.

29. Dezember

1989

Die dahinsiechende DDR beschließt ihren letzten großen Handelsauftrag: der volkseigene Betrieb LIMEX-Bau erhält die exklusiven Rechte zum Verkauf von Stücken der Berliner Mauer.

30. Dezember

2001

Nach einer Woche im Amt tritt der argentinische Präsident Adolfo Saá wegen Massenprotesten zurück.

Es ist der dritte Rücktritt eines argentinischen Präsidenten binnen zehn Tagen.

31. Dezember

1986

Die ARD sendet versehentlich die Neujahrsansprache von Bundeskanzler Helmut Kohl aus dem Vorjahr.

Raum zum Scheitern:

Raum zum Scheitern:

Raum zum Scheitern:

Raum zum Scheitern:

Unglückskekse

Noch nicht deprimiert genug? Nico Semsrotts Unglückskekse helfen weiter. 13 Kekse, 13 Sprüche, 13 Euro. Verpackt in einer schrecklich bunten Box. Gibt es auf www. unglueckskekse.de und im Handel. Demotivierend seit 13.09.2013.

Marc-Uwe Kling

Der falsche Kalender 2 - 365 falsch zugeordnete Zitate

DER FALSCHE KALENDER 2 bietet ein falsch zugeordnetes Zitat für jeden Tag des Jahres. Denn Zitate richtig zuzuordnen ist was für Langweiler – falsch Zuordnen ist das neue richtig Zuordnen! #FAKEQUOTES! Postfaktizismus rules! Diesen immerwährend falschen Kalender mit modernster Abreißtechnik kann man auf den Tisch stellen oder an die Wand hängen. Toll.

Abreißkalender · 376 Seiten

ISBN 978-3-86391-219-2 · 14,00 Euro

Zusammen scheitern!

Wir haben nicht für jeden Tag ein passendes Ereignis gefunden. Das haben wir auch farbig gekennzeichnet. Bitte sieh es uns nach. Wir haben unser Bestes versucht und konnten es einfach nicht besser. Wir freuen uns über Vorschläge und Korrekturen: ereignis@kalenderdesscheiterns.de

IMPRESSUM

2. Auflage 2021

www.nicosemsrott.de
www.kalenderdesscheiterns.de
www.voland-quist.de

Co-Autor: Arne Semsrott
Mitarbeit: Moritz Hoffmann, Francis Nenik

Gestaltungkonzept:
Matthias Seeba-Gomille / matzilla.de

Satz und Feintypo:
Fred Uhde / www.buch-satz-illustration.de

Druck:
Athesia Kalenderverlag, 82008 Unterhaching

ISBN:
978-3-86391-218-5